HARRY und PLATTE

SCHOCK 235

Text: Desberg
Zeichnung: Will

CARLSEN VERLAG

Gedruckt auf chlorfrei gebleichtem Papier

CARLSEN COMICS
Lektorat: Andreas C. Knigge, Uta Schmid-Burgk, Marcel Le Comte
1. Auflage Juni 1994
© Carlsen Verlag GmbH · Hamburg 1994
Aus dem Französischen von Cora Hamann
CHOC 235
Copyright © 1985 by Will, Desberg and Editions Dupuis, Charleroi
Redaktion: Uta Schmid-Burgk
Lettering: Monika Weimer
Druck und buchbinderische Verarbeitung:
Stiewe GmbH Berlin
Alle deutschen Rechte vorbehalten
ISBN 3-551-71697-8
Printed in Germany

EINES NACHTS, GEGEN EIN UHR MORGENS ...

PFF... SCHON IST DER URLAUB VORBEI. MORGEN GEHT DER GANZE STRESS WIEDER LOS ...

JA, DEINE GANZEN RENDEZVOUS UND SONNENSTUDIOBESUCHE ...

HA! NA BRAVO! DER STROM IST ABGESCHALTET! KAUM IST MAN MAL DREI MONATE WEG, BRICHT ALLES ZUSAMMEN ...!

KLICK

DER BLITZ MUSS EINGESCHLAGEN HABEN ... NUR GUT, DASS WIR UNS DERWEIL IN DER SONNE GEAALT HABEN!

OHA! SOGAR DIESE GLÜHBIRNE IST GEPLATZT!

AH! DER FERNSEHER GEHT NOCH ... UND DAS VON GANZ ALLEINE!

KEIN WUNDER, DASS ER DURCHDREHT ... BEI DEM GANZEN HORROR, DEN ER IMMER ZEIGEN MUSS!

APROPOS HORROR ... SIEH DIR DAS MAL AN!

STÜCK FÜR STÜCK HABEN SICH BILDER IN MEINE TRÄUME GESCHLICHEN. SIE FÜGEN SICH IMMER BESSER ZUSAMMEN, UND ICH FÜHLE, DASS JEMAND MIT MIR KONTAKT AUFNEHMEN WILL. UND DIESER JEMAND KOMMT AUS DER ZUKUNFT UND WILL MICH VOR ETWAS WARNEN !

ES HAT LANGE GEDAUERT, BIS DIE NACHRICHT FORM ANNAHM, ABER NUN HABE ICH SIE VERSTANDEN. IRGENDWIE IST SIE AN SIE GERICHTET, DENN IN JEDEM MEINER TRÄUME TAUCHEN SIE BEIDE AUF ...

ERSTAUNLICH ... ABER REDEN SIE WEITER.

IN ZWEI TAGEN DURCHSUCHEN MÄNNER DIE RUINE EINES UNBEKANNTEN TEMPELS IN ÄGYPTEN ...

EIN GEWISSER SCHOCK FINDET DORT ETWAS, WONACH ER SEIT MONATEN SUCHT ... DIE SMARAGDTAFEL DER ALCHIMISTEN !

IN DIESEN LEGENDÄREN STEIN, VON DEM MAN NUR EINIGE BRUCHSTÜCKHAFTE KOPIEN KENNT, SIND MERKWÜRDIGE SÄTZE EINGRAVIERT. ER VERKÜNDET UNTER ANDEREM ...

"DIES IST DER VATER DER VOLLKOMMENHEIT DIESER WELT. SEINE KRAFT UND MACHT SIND EINS, WENN SIE AUF ERDEN VERÄNDERT WERDEN : TRENNE DIE ERDE VOM FEUER, DAS FEINE VOM GROBEN. ER WIRD VON DER ERDE ZUM HIMMEL AUFSTEIGEN ..."

"... UND WIEDER HINAB ZUR ERDE. DURCH SEINE MACHT ERLANGST DU ALLE HERRLICHKEIT DER WELT, WEIL ER DAS KLEINE BESIEGEN UND DAS FESTE BEDRÄNGEN WIRD."

MIST !... EINE INTELLEKTUELLE !

SCHOCK WIRD DIE FORMEL DER SMARAGDTAFEL NICHT BENUTZEN, UM METALL IN GOLD ZU VERWANDELN, WIE ES DIE ALCHIMISTEN ERTRÄUMTEN, SONDERN UM DAS WERTVOLLSTE, DAS GESUCHTESTE MATERIAL DER WELT ZU SCHAFFEN, URAN 235 !

DANK DES ALCHIMISTISCHEN WISSENS WIRD SCHOCK IN WENIGEN STUNDEN NEUNZIGPROZENTIGES URAN ERHALTEN, ETWAS, WOFÜR WISSENSCHAFTLER JAHRELANG ARBEITEN UND UNMENGEN VON GELD AUSGEBEN MÜSSEN.

ICH BIN NICHT SICHER, WOHER SCHOCK SICH DAS NATÜRLICHE URAN BESORGT, DAS FÜR SEINEN PLAN NÖTIG IST. DIE BILDER IN MEINEN TRÄUMEN SIND ZU VERSCHWOMMEN ...

ICH GLAUBE, ES IST EINE INSEL IN DER DRITTEN WELT ... AUF JEDEN FALL IN DER TROPISCHEN ZONE.

DOCH WO ES AUCH IMMER SEIN MAG, SCHOCK WIRD SICH EINE MENGE NATÜRLICHES URAN BESORGEN UND ES ZU NEUNZIGPROZENTIGEM ANREICHERN.

JEDES LAND, DAS GERNE ATOMWAFFEN BESITZEN MÖCHTE, WIRD IHM ENORME SUMMEN FÜR SEIN KOSTBARES URAN ZAHLEN!

DAS GLAUB ICH GERN! LÄNDER WIE LIBYEN VERSUCHEN JA SCHON SEIT JAHREN MIT ALLEN MITTELN, AN ATOMWAFFEN ZU KOMMEN ODER SICH EIGENE FABRIKEN ZU BAUEN.

ICH WEISS, DASS SIE VERSUCHEN WERDEN, SCHOCKS PLÄNE ZU DURCHKREUZEN. IN MEINEN TRÄUMEN SCHIEN ES MIR, ALS KENNTEN SIE IHN SCHON ETWAS LÄNGER ...

DOCH DIESMAL GEHT DIE SACHE NICHT SO GUT FÜR SIE AUS, PLATTE ...

TACKATACK
TACK
TACK
TACK

WILL

SCHOCK NIMMT SIE GEFANGEN. BEI IHREM VERSUCH ZU FLIEHEN WIRD ER SIE TÖTEN ...

EIN LIBYSCHES SCHIFF, EIN WEITERES, VON MITTELAMERIKANISCHEN REVOLUTIONÄREN KOMMANDIERTES UND EIN DRITTES FRACHTSCHIFF, DAS EUROPÄISCHEN TERRORISTEN GEHÖRT, WERDEN IM HAFEN DIESER INSEL FESTMACHEN.

UND SECHS MONATE SPÄTER ...

"... EXPLODIERT DIE ERSTE BOMBE IN DEN USA. DIE MITTELAMERIKANISCHEN REVOLUTIONÄRE BOMBARDIEREN CHICAGO UND LOS ANGELES, NACHDEM SIE ERFOLGLOS VERSUCHT HABEN, DIE INTERVENTION DER USA IN IHREM LAND ZU VERHINDERN. DIE ANTWORT DER USA WIRD FURCHTBAR SEIN ..."

MIT AUSWEITUNG DES KONFLIKTES SIEHT LIBYEN SEINE CHANCE, IM MITTLEREN OSTEN ANZUGREIFEN ...

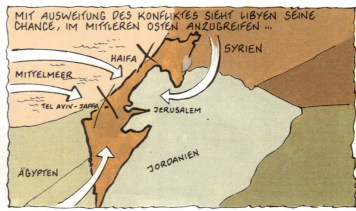

SYRIEN

HAIFA

MITTELMEER

TEL AVIV - JAFFA

JERUSALEM

ÄGYPTEN

JORDANIEN

IN WENIGER ALS EINER WOCHE WIRD DER KONFLIKT UNKONTROLLIERBAR. DIE WELTMÄCHTE, IN IHREM GLEICHGEWICHT DER KRÄFTE ERSTARRT, KÖNNEN DEN STURM, DEN DIE EXTREMISTEN ENTFACHT HABEN, NICHT VERHINDERN.

DIE TERRORISTEN ZÖGERN NICHT MIT IHRER ANTWORT. INNERHALB VON ZWEI WOCHEN WIRD DIE ERDE VERWÜSTET WERDEN. SIE, HARRY, WERDEN BEI DER ZERSTÖRUNG VON PARIS GETÖTET ...

ICH SELBST STERBE AUF DEM WEG ZU MEINER FAMILIE IN MAILAND ...

... UND SCHOCK ?

SCHOCK WIRD ALS LIEFERANT DES URANS GLÜCKLICH. ER WIRD DER GROSSE GEWINNER DIESES KRIEGES SEIN.

VON SEINER INSEL AUS HAT ER ALLE VORSICHTSMASS- NAHMEN GETROFFEN UND DAFÜR GESORGT, DASS IHM DIE VORHERRSCHAFT SICHER IST ...

IN MEINEN TRÄUMEN HABE ICH DAFÜR GANZ KLA- RE BILDER BEKOMMEN : IN WENIGEN MONATEN WIRD SCHOCK DER UNSCHLAGBARE HERRSCHER DIESES PLANETEN SEIN.

DIE ÜBERLEBENDEN DIESES INFERNOS KÖNNEN SICH NICHT MEHR ZUR WEHR SETZEN ...

EINIGE WISSENSCHAFTLER HABEN AN EINEM PROJEKT ÜBER KOM- MUNIKATION MIT DER NAHEN VERGANGENHEIT GEARBEITET. ICH WEISS, DASS SIE VERSUCHTEN, BILDER DES DRAMAS ÜBER DAS FERNSEHEN ZU SCHICKEN. SIE HABEN KONTAKT MIT MEINEN GEDANKEN AUFGENOM- MEN! GUT, DAS IST SEHR AUSSER- GEWÖHNLICH ... ICH WOLLTE ES ERST SELBST NICHT GLAU- BEN ...

DIESE ... ÄH ... "WISSENSCHAFTLER" ... WISSEN SIE EINEN AUSWEG ?

SIE SPRACHEN DAVON, DASS ES NUR DREI WEGE GÄBE, SCHOCKS TRIUMPH ZU VERHINDERN: DIE SMARAGD- TAFEL VOR IHM ZU FINDEN ...

... IHN DAVON ABZUHALTEN, AN DAS NATÜRLICHE URAN ZU GELANGEN, ODER ABER ZU VERHINDERN, DASS DAS ANGEREICHERTE URAN AUF DIE SCHIF- FE GELADEN WIRD! WENN ES UNS GELINGT, AN EINER DIESER DREI STELLEN EINZUGREIFEN ...

DIE GANZE GESCHICHTE IST ZIEM- LICH PHANTASTISCH ... HAT MAN IHNEN DENN IRGENDEINEN BE- WEIS GEGEBEN ?

DIESE LEUTE AUS DER ZU- KUNFT HABEN IHRE SKEPSIS VORAUSGESAGT. ICH KANN IH- NEN ZWEI BEWEISE LIEFERN! VOR EINIGEN TAGEN SIND DIEBE IN DIE ABTEI VON CHAUMONT EINGEDRUN- GEN.

SCHOCK WOLLTE SICH EINIGE PERGA- MENTE AUS DER BIBLIOTHEK BESCHAFFEN ...

ES GAB EINE VERKETTUNG GLÜCKLICHER UM- STÄNDE. DIE WÄCHTER BEMERKTEN SCHOCK UND SEINE LEUTE, DER COUP MISSLANG ...

DA ES SICH UM SCHOCK HANDELTE, WURDE DER STAATS-SCHUTZ EINGESCHALTET. DIE BERÜHMTEN PERGAMENTE WURDEN FORTGESCHAFFT UND DIE GANZE SACHE GEHEIMGEHALTEN. ICH HABE ES ÜBERPRÜFT: KEINE ZEITUNG HAT DARÜBER BERICHTET ...

ALL DIES HÄTTE ICH ALLEINE NIE AUF-DECKEN KÖNNEN. AUSSERDEM WEISS ICH GENAU, WO SCHOCK SICH ÜBERMORGEN AUFHÄLT: IN KAIRO ... AUF DER SUCHE NACH DER SMARAGDTAFEL, DIE ER IN ZWEI TAGEN FINDEN WIRD ...

WENN WIR NICHTS DAGEGEN TUN ...

TAGS DARAUF, BEIM STAATSSCHUTZ ...

ICH FRAGE MICH, WIE IHR ÜBERHAUPT VON DIESER SACHE ERFAHREN HABT!

WEISST DU, CHARLES, ICH HABE MIT DEN JAHREN WOHL EINEN SECHSTEN SINN BEKOMMEN, WAS SCHOCK ANGEHT!

WIR HATTEN SCHON DARAN GEDACHT, EUCH EIN-ZUSCHALTEN. ABER DIE INDIZIEN SCHIENEN UNS ZU WENIG STICHHALTIG, ES WAR JA NICHTS PASSIERT. IMMERHIN, WIR SIND IHM AUF DER SPUR ...!

DAS WICHTIGSTE SCHRIFTSTÜCK, DAS MAN ENT-WENDEN WOLLTE, IST DER BERICHT EINES MÖNCHS AUS DEM XIII. JAHRHUNDERT, GESPICKT MIT PHILOSOPHISCHEN GEDANKEN.

VERGLICHEN MIT DEN ANDEREN PERGAMENTEN, DIE AUF DIESEM GEBIET EXISTIEREN, HANDELT DIE PAS-SAGE, DIE SCHOCK ZU INTERESSIEREN SCHEINT, VON EINEM ÄGYPTISCHEN TEMPEL. DIESER WAR SCHON SEINERZEIT EINE RUINE.

UND DER WEG DORTHIN WIRD VON EINEM DORF AUS BESCHRIEBEN, DAS HEUTE EBEN-FALLS VERSCHWUNDEN IST. SIE SEHEN, ES IST ALLES RECHT UNKLAR ...

GUT. KANN ICH EINE KOPIE DER ENTSPRECHENDEN PASSAGE BEKOMMEN? ICH MUSS JETZT LOS, PLATTE WARTET AUF MICH ...

WENIG SPÄTER ...

VIEL HAB ICH NICHT ÜBER SIE RAUSBEKOMMEN. SIE IST DIE JÜNGSTE TOCHTER EINER LOMBARDISCHEN ADELSFAMILIE UND BEWOHNT DAS PENTHOUSE DA OBEN. STELL DIR NUR MAL VOR, WAS FÜR EINEN BATZEN DAS KOSTEN MUSS, IN DIESER GEGEND!

"IL PAPA" ZAHLT AUCH DEN KLEINEN ALFA, DEN DU DA SIEHST. DAFÜR HAT GINA DENN AUCH ZUGESTIMMT, AB UND ZU SPRACHKURSE AN DER SORBONNE ZU NEHMEN !

DIESE GESCHICHTE IST WIRKLICH UNGLAUBLICH !... BEI DEN VIELEN KERLEN, DIE DEM MÄDEL HINTERHERLAUFEN MÜSSEN, HÄTTE SIE SICHER ANDERE DINGE ZU TUN, ALS SOLCHE STORYS ZU ERFINDEN !

TAGS DARAUF ...

BALD WERDEN WIR SEHEN, OB UNS DIESER WEG INS HERZ VON SCHOCKS GEHEIMSTEN PLÄNEN FÜHREN WIRD ...

SIND SIE SICHER, DASS DIES DER KÜRZESTE WEG ZUM HOTEL IST ...?

DAS "OSIRIS" IST EIN RESTAURIERTES LUXUSHOTEL MITTEN IM SOUK-VIERTEL *.

PFF !... DIESE HITZE ! ICH SEH MIR MEIN ZIMMER AN, UND DANN AB IN DEN POOL !

AH ... GUTE IDEE, DAS !

UND KURZ DARAUF ...

WUNDERBAR ! ICH HABE NOCH NIE EINEN SO WOHLGEFORMTEN KÖRPER GESEHEN, AUSSER NATÜRLICH UNSERE PYRAMIDEN ! WIE HABEN SIE ES NUR BISHER GESCHAFFT, SICH MEINEN SCHÖNSTEN TRÄUMEN ZU ENTZIEHEN ?!

∧8

* SOUK = ARABISCHER MARKT

SIE SIND DER SCHIMMER DER GÖTTLICHEN SONNE, DER IN DER DÄMMERUNG DAS WASSER DES NILS BELEBT... SIE SIND DER ZARTE WINDHAUCH, DER DIE STATUEN VON LUXOR UMWEHT ... SIE SIND ...

ÄHEM!

ICH DENKE, SIE WERDEN AUCH WOANDERS EINEN ZARTEN SCHIMMER FINDEN! SIE SEHEN DOCH, DASS SIE DIESE JUNGE DAME LANGWEILEN!

OH, ICH ... ICH ... ENTSCHULDIGEN SIE ... ICH WUSSTE NICHT, DASS DIE DAME IN IHRER BEGLEITUNG IST. ICH BITTE VIELMALS UM VERZEIHUNG ...!

SO, DAS HÄTTE SICH ERLEDIGT, MEIN KIND.

ICH WÄRE NOCH STÄRKER BEEINDRUCKT, WENN ICH NICHT VOR ZEHN MINUTEN GESEHEN HÄTTE, WIE SIE MIT IHM DIESE LÄCHERLICHE KLEINE SZENE AN DER BAR ABGESPROCHEN HABEN.

ICH?! ABER ... GANZ IM GEGENTUM! ICH ...

ICH BIN NICHT HIERHERGEKOMMEN, UM MIR NACHSTELLEN ZU LASSEN, PLATTE. ES GIBT WICHTIGERES ZU TUN. WO IST HARRY?

ICH GLAUBE, ICH HABE SIE GEFUNDEN, ABER SCHOCK HAT SICH NOCH NICHT GEZEIGT. ICH GEHE NÄHER RAN ...

ICH HABE DIE JEEPS ÜBERPRÜFT: ALLES IN ORDNUNG. ES FEHLEN NUR NOCH DIE SEILE UND DIE LAMPEN. MORGEN FRÜH IST DIE AUSRÜSTUNG KOMPLETT.

GUT. MORGEN NACHMITTAG, SOBALD SICH DIE HITZE LEGT, BRECHEN WIR AUF.

DIE SMARAGDTAFEL IST UNS SICHER!

NUN GUT, LOS JETZT! KEINE MÜDIGKEIT VORSCHÜTZEN!

A ... ABER ... A ... AAAAH ...

DER HAUPTSCHLÜSSEL MUSS IN EINER IHRER TASCHEN SEIN!

... ZUM HEULEN! EIN ZIMMERMÄDCHEN OHNE HAUPTSCHLÜSSEL!

ICH LASSE SIE ARBEITEN ... MAN BRAUCHT MICH WOANDERS ...

SIE HABEN HUMMER BRETONISCH UND ARTISCHOCKENSALAT BESTELLT. DAS WIRD SIE BESCHÄFTIGEN.

PRIMA. INZWISCHEN WIRD PLATTE DIE PAPIERE GEFUNDEN HABEN.

IMMER NOCH DIESER TYP, DER DIE TERRASSE BEWACHT! UND ES HAT NICHT DEN ANSCHEIN, ALS WOLLE ER SICH VERKRÜMELN ...

ICH BRINGE DIE DECKE, MEIN HERR.

TOCK TOCK TOCK

?

MMH! WELCH NETTE ÜBERRASCHUNG! HAT MAN DIR JE GESAGT, DASS DEIN LÄCHELN ALLE MÄRCHEN AUS TAUSENDUNDEINER NACHT VEREINT?

WAA ...?

ALLZUVIELE NÄCHTE KANN ICH DIR NICHT BIETEN, ABER IN DER KÜRZE LIEGT DIE WÜRZE, WAS ...?

GUTE IDEE!... DAS WIRD SIE EIN WENIG BE- SCHÄFTIGEN.

SCHÖN, DASS WIR ZWEI MAL UNTER UNS SIND. WENN PLATTE DABEI IST, SIND SIE IMMER ETWAS DISTANZIERT ...

SAGEN WIR, ICH HABE GELERNT, MICH ZURÜCKZUZIEHEN. PLATTES EITELKEIT DULDET KEINE KONKURRENZ BEI SEINEN FLIRTEREIEN.

VIELLEICHT ENTGEHT IHNEN DURCH DIESE SCHÜCHTERNHEIT ABER AUCH EINIGES ...

MEINE MASKE SITZT NICHT RICHTIG, SELTZER. ISS WEITER, ICH BIN GLEICH WIEDER DA!

⚠☠! ER GEHT NACH OBEN!? WIR MÜSSEN PLATTE WARNEN!

BLEIBEN SIE SITZEN, ER KÖNNTE SIE ERKENNEN! ICH GEHE.

... UND AUF WELCHE ÉTAGE MÜSSEN SIE?

OH, ENTSCHULDIGUNG, ICH ... ICH HABE DEN ALARMKNOPF GE- DRÜCKT!... WO GEHT DAS JETZT AUS ...?

TRiiiiING

WARUM HALTEN WIR HIER? WENN ICH MIT GINA ALLEIN WÄRE, DANN WÄRE DIES DER IDEALE ORT FÜR EINE PANNE, ABER ...

SAGEN SIE, HARRY ... WENN ICH IHN AUF BEIDE WANGEN KÜSSE, WIRD ER DANN RUHE GEBEN?

SO WAS! SOLL DAS HEISSEN, DASS ICH NICHT VERFÜHRERISCH BIN?! SIE WISSEN WOHL NICHT, DASS AM AMAZONAS SÄMTLICHE STÄMME MEINEM GÖTZENBILD HULDIGEN!?

SO EIN DING HAT DEN VORTEIL, DASS ES NICHT UNUNTERBROCHEN REDET!

NACH SCHOCKS PLAN BEFAND SICH DAS DORF, DAS DER MÖNCH ERWÄHNTE, IM JAHR 1234 HIER. NUN MÜSSEN WIR NUR NOCH SEINEM REISEPLAN FOLGEN. UND DER FÜHRT GERADEWEGS IN DIE BERGE ...

SPÄTER ...

DER WEG WIRD STEINIG. WENN DAS SO BLEIBT, LANDEN WIR NOCH IN DER SCHLUCHT!

AN DEINER STELLE WÜRDE ICH DAS LICHT AUSMACHEN. DAS IST MINDESTENS GENAUSO GEFÄHRLICH.

DEIN MÖNCH HAT SICHER NICHT FÜR DEN BAEDEKER GEARBEITET ... WAS FÜR EINE EINÖDE!

SEHT MAL ... DA OBEN!

WIR KÖNNEN WÄHLEN: ENTWEDER RISKIEREN WIR DEN AUFSTIEG IN DER DUNKELHEIT, UM ZUERST OBEN ZU SEIN, ODER WIR SCHLAFEN HIER UND BRECHEN IM MORGENGRAUEN AUF.

JA, DAS IST GUT. ES IST RECHT KÜHL ZUM SCHLAFEN, WIR MÜSSEN UNS ENG ANEINANDERKUSCHELN!

DIE ENTSCHEIDUNG IST SCHNELL GETROFFEN ...

BROOMM

CRAAAK

HARRY !... SAG DOCH WAS, MEIN ALTER !... ALLES O.K. ?

FURCHTBAR ! HÄTTE ICH DEINEN BLÖDEN SINN FÜR HUMOR, WÜRDE ICH SAGEN, ICH HÄTTE MICH IN DIE FALLE GELEGT !

SIE HABEN TATSÄCHLICH EINEN SCHLECHTEN EINFLUSS AUF IHN.

WIR HABEN KEIN SEIL, ABER WIR HOLEN DICH DA RAUS, ICH ...

... WAS WAR DAS ?

HÖRTE SICH AN WIE EIN MOTOR.

PLATTE, DIE ZEIT DRÄNGT ! KÜMMERT EUCH NICHT UM MICH. FINDET DIE SMARAGDTAFEL, ICH KOMME SCHON KLAR ...

EINIGE SINNLOSE PROTESTE SPÄTER ...

ICH LASSE IHN NICHT GERN ZURÜCK ...

ER HAT RECHT, PLATTE ! ERST MÜSSEN WIR SCHOCKS PLÄNE DURCH- KREUZEN.

DAS IST DER RAUM, DEN ICH IN MEINEN TRÄUMEN SAH ! DIE SMARAGDTAFEL IST AUF DIE- SEM ALTAR !

SOWEIT ZU DEN SKORPIONEN !

WUOFF

SIEH AN ! ICH FRAGE MICH, WELCHE DYNASTIE SO HÄSSLICHE RELIEFS HERVORGEBRACHT HAT !

KUNSTVERSTÄNDNIS IST EBEN NICHT JEDEM GEGEBEN.

DAS MUSS WOHL DIE KUNST DER ABSCHRECKUNG SEIN. TJA, SO IST DAS, WENN MAN IMMER GLEICH IN DIE LUFT GEHT ...

KEINE SPUR VOM BÄRTIGEN, MEISTER.

ER WIRD AM GRUND EINER FALLE LIEGEN. UNWICHTIG. BRING DAS DYNAMIT AN, IN ZWEI MINUTEN SIND WIR DRAUSSEN !

ICH BEFÜRCHTE, SIE WERDEN KAUM ZEUGE DES GROSSEN FEUERS, DAS ICH AUF DER GANZEN WELT ENTFACHEN WERDE. ABER DIE EXPLOSION DIESES TEMPELS GIBT EINEN NETTEN VORGESCHMACK. ICH WERDE SIE IHNEN WIDMEN.

GANZ REIZEND. SIE SEHEN MICH ZUTIEFST BEWEGT !

WENN ICH ES SCHAFFE, DOLL GENUG HIN UND HER ...

...AAAH!

KRACK

WILL △ 18

DAS ... DAS SEIL IST GERISSEN ...!?

BRAOMM

ZURÜCK NACH KAIRO?

NEIN, WIR FAHREN NACH NORDEN, DAS FLUGZEUG WARTET. ICH WILL NOCH VOR MITTAG ZURÜCK IN KOKODI SEIN.

UFF! DAS AUTO IST NOCH DA.

AAH!

PLATTE ?!!

DER ... DER WASSERGRABEN ... ICH BIN GETAUCHT ... DIE STRÖMUNG HAT MICH RAUSGETRAGEN ... ABER HARRY IST NOCH DRINNEN ...!

AM NÄCHSTEN TAG WIRD HARRY NACH LANGER SUCHE ENTDECKT UND GEBORGEN ...

SIEHT SO AUS, ALS SEI UNSER ERSTER VERSUCH, SCHOCKS PLÄNE ZU SABOTIEREN, WOHL IN DIE HOSE GEGANGEN! DER HIMMEL WEISS, WOHIN ER SICH JETZT VERKRÜMELT HAT!

ZU DER INSEL, VON DER ER DAS URAN HOLEN WIRD ... ICH MUSS VERSUCHEN, SIE ZU LOKALISIEREN.

"DREI TAGE SPÄTER ...

UND KENNST DU AUCH DEN MIT DER NONNE UND DEM TOASTER?

HÖR MAL, ES IST LIEB, DASS DU MIR DEN AUFENTHALT HIER KURZWEILIGER MACHEN WILLST, ABER ES IST NICHT SEHR ANGENEHM, MIT VIER GEBROCHENEN RIPPEN ZU LACHEN ...

ICH HAB'S! ... ICH WEISS, WO SIE IST!

SCHOCKS INSEL! SIE LIEGT IM MODORES-ARCHIPEL, IM INDISCHEN OZEAN ... DIE WISSENSCHAFTLER AUS DER ZUKUNFT HABEN MIR IM TRAUM NEUE BILDER GESCHICKT.

HAB ICH'S NICHT GESAGT? SIE IST WIRKLICH EINE TRAUMFRAU!

PHANTASTISCH!

O.K., KEINE ZEIT VERLIEREN! SCHOCK WIRD SCHON DABEISEIN, DAS URAN ZU BEHANDELN. PLATTE UND GINA, FAHRT SOFORT HIN! ICH TREFFE EUCH DORT, SOBALD MAN MICH HIER RAUSLÄSST.

GINA, SEIEN SIE VORSICHTIG! JETZT WIRD'S GEFÄHRLICH!

OH, SCHOCK MACHT MIR KEINE ANGST. NOCH IST NICHTS VERLOREN, WIR KÖNNEN IHN NOCH AUFHALTEN ...

NEIN, ICH MEINTE ... ÄHEM ... PLATTE!

VON ÄGYPTEN BIS ZUM MODORES-ARCHIPEL IST ES KEIN KATZENSPRUNG. DREISSIG STUNDEN UND ETLICHE VERZÖGERUNGEN SPÄTER ...

ZU IHRER LINKEN DAS RATHAUS VON KOKODI, UNSERER PRACHTVOLLEN HAUPTSTADT, UND DAHINTER DAS COCKTAIL-CASINO ...

BEACHTEN SIE AUCH, WIE WUNDERVOLL SICH DIE VILLEN UNSERER MILLIARDÄRE MIT DEM UNVERGLEICHLICHEN CHARME KOKODIS VEREINEN ...

ALS NÄCHSTES BRINGEN WIR SIE ZU UNSEREM PRÄSIDENTENPALAST. RECHTER HAND KÖNNEN SIE ÜBRIGENS DIE ROSENGÄRTEN BEWUNDERN, DIE VOR UNGEFÄHR ...

MAN MIETET 'NEN BUNGALOW UND BEKOMMT EINE VILLA MIT ALLEM KOMFORT. DAS GEFÄLLT MIR !

SIE HABEN DOPPELT GLÜCK: ES GIBT ZWEI SCHLAFZIMMER, SIE BRAUCHEN NICHT IN DER BADEWANNE ZU SCHLAFEN.

SO WAS PASSIERT NUR MIR. ICH FAHR NACH ÄGYPTEN UND LASS MIR EIN KAMEL AUFSCHWATZEN !... ICH GEHE IN DIE STADT. BIS SPÄTER, SCHATZI.

HM ... KÖNNTE EINE ANGENEHME UNTERSUCHUNG WERDEN ...

TAXI ?

ABER UNBEDINGT !

WILL

27

LASSEN SIE DEN ZÄHLER LAUFEN. ICH HABE GERADE BESCHLOSSEN, MIT IHNEN EINE RUNDFAHRT ZU MACHEN ... GIBT ES HIER AUCH STEINBRÜCHE ODER FABRIKEN?

NEIN. NUR EINIGE FIRMEN AUSSERHALB DER STADT.

ETWAS SPÄTER ...

DREI ODER VIER DAVON GIBT ES IM ARCHIPEL. ALLE VERFALLEN ...

EINE ANLAGE ZUR URANANREICHERUNG WÜRDE SICH BESSER MACHEN ALS DAS DA ...

MEISTER ...

MEISTER, SIE SIND ANGEKOMMEN!

ICH HABE ES UNTERSAGT, MICH ZU STÖREN!

ALLES LÄUFT BESTENS. DAS LIBYSCHE SCHIFF LÄUFT GERADE EIN. SIE WERDEN HEUTE ABEND AUF IHREM EMPFANG ZU GAST SEIN. JETZT KANN UNS NICHTS MEHR AUFHALTEN!

UNS HAT NIE ETWAS AUFHALTEN KÖNNEN, KRETIN! HÖCHSTENS VERSPÄTEN ...

OH! NEIN! DIESER MANN IST VERLETZT! ER KANN NICHT WEIT KOMMEN ...

PANG

VOLL-TREFFER!

WAS WILLST DU DENN, HÄ? HAST DU WAS ZU MELDEN? LOS, PAPIERE!

WAS ER AUCH GETAN HAT, MAN HÄTTE IHN LEICHT LEBEND FASSEN KÖNNEN. SIE ...

WER SAGT DENN, DASS WIR IHN LEBEND WOLLTEN ...?

HAUEN SIE AB! ABER SCHNELL! DIE PRESSE WIRD JEDEN MOMENT DA SEIN!

KOKODI, UM ACHT UHR ABENDS ...

WIR BEGINNEN UNSER MAGAZIN MIT EINER GROSS-ARTIGEN NACHRICHT: JOHN DAVIS, EIN SPION DER CIA, KONNTE HEUTE VON DER POLIZEI UNSCHÄDLICH GEMACHT WERDEN.

DAVIS, DER SEIT DREI WOCHEN AUF UNSERER INSEL WEILTE, WURDE OFFENBAR MIT EINER EINZIGEN KUGEL ERLEDIGT.

DER BÜRGERMEISTER LIESS ES SICH NICHT NEHMEN, DEN HERVORRAGENDEN POLIZISTEN PERSÖNLICH ZU GRATULIEREN. "KOKODI IST STOLZ AUF SEINE SICHERHEITSBEAMTEN", SO DER BÜRGERMEISTER, "UNSERE IMMUNITÄT BLEIBT AUF DAUER SICHERGESTELLT."

ALLERDINGS SPRECHEN GERÜCHTE BEREITS VON DER ANKUNFT EINES WEITEREN SPIONS. DER BÜRGERMEISTER WOLLTE DIES NICHT BESTÄTIGEN, DOCH ES SCHEINT, ALS HABE DIE POLIZEI ...

WIE FURCHTBAR! GLAUBEN SIE, DASS MAN UNS BEREITS VERDÄCHTIGT?

DRIIING

DRIING
DRIING

HALLO ...?

HALLO? ... WER IST DENN DA?! ... ANTWORTEN SIE!

?!

DIE POLIZEI! DAS NETZ ZIEHT SICH BEREITS ZU! JETZT HEISST ES KOFFER PACKEN. SCHNELL, WIR KÖNNEN SIE NOCH ÜBERRASCHEN!

LIEF JA ALLES PRÄCHTIG. JOSTERS UND LARSEN BLEIBEN ALS WACHEN HIER BIS ZUM MORGENGRAUEN. DIE ANDEREN KÖNNEN GEHEN, FÜR HEUTE SIND WIR FERTIG.

GANZ KOKODI HAT UNTERIRDISCHE STRASSEN. GEHEIME, SELBSTVERSTÄNDLICH. NEHMEN SIE DIE NÄCHSTE ABZWEIGUNG RECHTS, DANN SIND WIR FAST DA.

ICH ÜBERLASSE SIE DER PFLEGE VON SELTZER. ICH MUSS MICH UMZIEHEN, DER HERR PRÄSIDENT ACHTET SEHR AUFS PROTOKOLL.

SIE WAREN SCHNELL, ICH FÜRCHTETE SCHON EINE VERSPÄTUNG ... WÜNSCHEN SIE EIN JACKETT UND EINE KRAWATTE?

LIEBE FREUNDE, VERSPROCHEN UND GEHALTEN: DER SPION, VON DEM ICH SPRACH, IST IN UNSEREN HÄNDEN. UND ... NEIN, KEINE ANGST, ICH WERDE KEINE LANGE REDE HALTEN. MEINE DIENER WERDEN IHNEN GLEICH EINIGE REVOLVER REICHEN ...

WER AN DIESER KLEINEN ZERSTREUUNG TEILNEHMEN MÖCHTE, BEDIENE SICH BITTE ... UND HABEN SIE KEINE SKRUPEL: FALLS DER MANN ENTKOMMT, WIRD IHN DIE POLIZEI MORGEN EXEKUTIEREN. SIE VERKÜRZEN SEIN LEBEN ALSO NUR UM EINEN TAG.

HERR SELTZER, WARTEN SIE! ICH HABE NEUE INSTRUKTIONEN ...

SO EINE GELEGENHEIT BEKOMME ICH NICHT ZWEIMAL ... JETZT HEISST ES SCHNELL HANDELN ...!

PANG

ICH ... GETROFFEN! HA ... HABEN SIE DAS GESE-HEN?

PHANTASTISCH! EIN VOLL-TREFFER. UND DAS BEIM ERSTEN SCHUSS!

BRAVO, OLD CHAP! NICE SHOT!

WAS FÜR EIN EREIGNIS! CHAMPAGNER, LIEBE FREUNDE! HEUTE ABEND HAT KO-KODI GRUND ZU FEIERN!

HEUTE NACHMITTAG WOLLTE ICH SIE BESU-CHEN. ICH BEREUE ES NICHT, GEWARTET ZU HABEN. SIE SEHEN BEZAUBERND AUS!

SAGEN WIR, ICH KANN ENDLICH WIEDER ICH SELBST SEIN. PLATTE MAG FÜR SIE EIN GEFÄHRLICHER GEGNER GE-WESEN SEIN, ABER ALS BEGLEITER GIBT ES AUFREGENDERE.

FREUT MICH, DAS ZU HÖREN! SIE SIND HIER AUF MEINER INSEL. UND VERGESSEN SIE NIE, DASS ICH AUF MEINEM TERRAIN DER EINZIGE MEISTER BLEIBE ...

WILL 29

FÜNFZEHN TAGE SPÄTER, KOKODI AIRPORT. HARRY HAT SICH ZIEMLICH VERÄNDERT ...

EINE VERJÜNGUNGSKUR, FRÜHLINGSGEFÜHLE ODER EINE VORSICHTSMASSNAHME GEGEN EVENTUELLE SPIONE SCHOCKS? LOCKEN, GESTUTZTER BART, SÜDLÄNDISCHER TEINT UND EIN COOLER GANG ...

ZOLLAMT KOKO

GESUCHT 50000 Ko

HARRY WEISS, DASS ER GESUCHT WIRD, UND HANDELT MIT JEDER ERDENKLICHEN VORSICHT. SCHNELL FINDET ER HERAUS, DASS PLATTE UND GINA VERSCHWUNDEN SIND, OHNE SPUREN ZU HINTERLASSEN ...

TAXI

WIR SUCHEN ALSO JEMANDEN, WIE? ... HE, HE! ICH LIEBE LEUTE, DIE FRAGEN STELLEN!

MAN MUSS NUR EINMAL RICHTIG ZUSTECHEN, UND SCHON GEBEN SIE EINEM SÄMTLICHE ANTWORTEN AUF EINMAL ...

KLICK

PLATTE UND GINA ... WO SIND SIE? ... SCHNELL!

BEI ... BEIM PRÄSIDENTEN ... BEIM HERRN PRÄSIDENTEN ...!

WiL

30

DANKE FÜR DEN POLIZEIAUSWEIS. ER WIRD MIR SCHON BALD NÜTZLICH SEIN ...

KURZ DARAUF ...

HARRY VERBRINGT DEN REST DES NACHMITTAGS IN DEN LUXURIÖSEN HOTELS DER STADT ...

... GENAU DER MANN, DEN ICH SUCHE! DAS GESICHT EINES ZIVILEN INGENIEURS, LEDIG, BEREIT ZU GUTBEZAHLTEN PROJEKTEN IN DEN TROPEN ... PROST, MEIN BESTER, AB JETZT SIND WIR UNZERTRENNLICH!

UND NACH EINIGEN ERKLÄRUNGEN ...

DIE BESCHREIBUNG PASST NICHT AUF IHN ... TROTZDEM, ICH BIN SICHER, ER IST ES ... SELTZER! TREFFT ALLE VORKEHRUNGEN FÜR HEUTE NACHT!

NACHTS AUSSER HAUS, TAGSÜBER SCHLAFEN ... AB ZUR NACHTSCHICHT, UND FÜHR MICH SCHÖN BRAV ZU SCHOCKS LAGER ...

JA, DAS IST ER! ... ER HAT DAS LAGER SCHON GEFUNDEN ... SOGAR SCHNELLER ALS SEIN FREUND PLATTE!

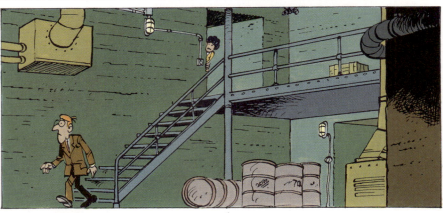

IST ES NICHT TROTZDEM ZU GEFÄHRLICH, IHN SO NAH AN UNSERE ANLAGEN ZU LASSEN?

... EIN KALKULIERTES RISIKO! DER SPION DRINGT IN UNSERE STOLLEN EIN, DEPONIERT EINIGE SPRENGSÄTZE UND LÄSST DIE GANZE ÖSTLICHE ZONE HOCHGEHEN, MITSAMT DER NACHTSCHICHT UND DEM LABOR.

SO WIRD DIE OFFIZIELLE VERSION LAUTEN, DENN DIE SPRENGSÄTZE HABEN NATÜRLICH WIR ANGEBRACHT. UND WIR SIND ES, DIE SIE HOCHGEHEN LASSEN, SOBALD WIR SICHER SIND, DASS WIR HARRY UND UNSERE INGENIEURE UND MITARBEITER, DIE ZUVIEL WISSEN UND UNS NICHT MEHR NÜTZLICH SIND, MIT EINEM SCHLAG LOSWERDEN KÖNNEN!

BANG

BEOBACHTET IHN GUT! IN DEM MOMENT, IN DEM ER BEI DEN SPRENGSÄTZEN ...

HE!?

WILL ^32

ER HAT DIE ZONE VERLASSEN! ER WIRD GERADEZU ÜBER DIE SMARAGDTAFEL UND DAS ANGEREICHERTE URAN STOLPERN ...

ER IST BEWAFFNET. WENN ER DAS URAN FINDET, MACHT ER ALLE UNSERE PLÄNE ZUNICHTE ...

WIR MÜSSEN IHN WEGLOCKEN ...

BIN SCHON UNTERWEGS!

NUKLEARES MATERIA
VORSICHT! RADIOAK

PANG

PANG

ATER
T! RADI

PANG

PANG

GINA !?

GINA! HIERHER !

TACKATACK

ES MATERIA
SICHT! RADI

OH, HARRY! ICH HATTE DIE HOFFNUNG SCHON ...

GINA, DIESE FÄSSER HIER, DAS IST SCHOCKS URAN! ... WENN WIR ES SCHAFFEN, SIE INS WASSER ZU SCHMEISSEN ...

AL
IV

NUKLEARES MA
VORSICHT! RADI

MATERIAL
DIOAKTIV

34

36

GINA, DIE FÄSSER! WIR HABEN NUR WENIG ZEIT ...

HELFEN SIE MIR, SCHNELL ...!

ER WIRD SIE ALLE VERSENKEN ... ICH MUSS IHN UNBEDINGT DAVON ABHALTEN ... ABER WIE ?!

BANG

BANG

GESCHAFFT! JETZT NOCH DEN REST ...

HARRY!
AAAH...

PLOFF

LA ... LASST MICH! HARRY! ZU HILFE!

GINA ?!

SIE HABEN SICH IN DEN STOLLEN ZURÜCKGEZOGEN ... OH, HARRY ... WIR MÜSSEN VON HIER VERSCHWINDEN, SCHNELL!

DER WEG SCHEINT ZU STIMMEN. ICH DENKE, ICH FINDE DEN AUSGANG ...

O.K. VERSTANDEN.

PANG

PANG

ETWAS SPÄTER ...

ALLE HABEN UNS IN DEM BOOT FLÜCHTEN SEHEN. SCHOCK UND SEINE LEUTE WERDEN DAS GLEICHE DENKEN WIE SIE. SIE WERDEN DIE BUCHTEN UND DEN DSCHUNGEL DURCHKÄMMEN, WÄHREND WIR GANZ IN RUHE IN DER STADT WEILEN!

ES GAB DREI MÖGLICHKEITEN, SCHOCK DARAN ZU HINDERN, DIE PARTIE ZU GEWINNEN, ERINNERN SIE SICH? ER HAT DIE TAFEL GEFUNDEN, UND ER HAT DAS URAN, DAS ER BRAUCHTE, BEKOMMEN UND ANGEREICHERT.

ER MUSS NOCH DIE URAN-FÄSSER AUF DIE SCHIFFE BRINGEN, DIE IM HAFEN LIEGEN ... UND DAMIT WIRD ER VIEL SPASS HABEN, DAS VERSPRECHE ICH! KOMMEN SIE?

UND DIE ÖSTLICHE ZONE DES STOLLENS? LASSEN WIR SIE NICHT HOCHGEHEN?

DAFÜR IST ES ETWAS SPÄT, FINDEN SIE NICHT?! ... WIR SIND DER KATASTROPHE HAARSCHARF ENTKOMMEN, SELTZER! WEGEN EINES KERLS, DER SICH MITTEN AUF EINER INSEL VERSTECKT, DIE ALLEIN MIR GEHÖRT!

ABER ES WAR IHRE IDEE, IHN REINZULASSEN ...

WENN ICH NUR GENIALE IDEEN HÄTTE, HÄTTE ICH SIE SICHER NICHT EINGESTELLT, SELTZER. ICH LASSE SIE MEINE NEUEN BEFEHLE WISSEN. GUTE NACHT!

DER MITTELAMERIKANISCHE FRACHTER UND UNSERE FREUNDE, DIE TERRORISTEN, KOMMEN AN ... ENDLICH. MORGEN FRÜH KANN DAS VERSCHIFFEN DES URANS LOSGEHEN ...

UND ICH? MUSS ICH HIER NOCH LANGE SO AUSHARREN?

ICH KÖNNTE JA EINEN ASCHER ODER EINE LAMPE HALTEN, SOLANGE ICH HIER BIN ...

WENN ICH NARKOSE-PATRONEN IN DIE REVOLVER STECKEN LIESS, DANN NUR, WEIL ICH AUF IHRE ANWESENHEIT WERT LEGE, UM DIESE SAMMLUNG ETWAS AUFZULOCKERN. SEHEN SIE, MEINE UNERMÜDLICHEN AKTIVITÄTEN HABEN MIR NIE ZEIT GELASSEN, SOUVENIRS ZU SAMMELN. UND WENN ICH SIE JETZT SO ANSEHE, ERINNERE ICH MICH AN VIELE EPISODEN MEINES LEBENS !

ICH HABE IHNEN DEN BESTEN PLATZ FREIGEHALTEN, ZWISCHEN DIESEM GEHEIMEN PORTRAIT, VON DALI IN DER TOAR-EPOCHE GEMALT ...

... UND DIESEM FALSCHEN PICASSO ... RASENFRÜHSTÜCK AUF DEN CHAMPS-ÉLYSÉES ! ... DIESES IST NATÜRLICH MEHR EINE VORWEGNAHME ALS EIN SOUVENIR ...

ES ZEIGT MICH ALS HERRSCHER DER WELT, NACHDEM SICH DIE NATIONEN DANK DES URANS, DAS ICH IHNEN NETTERWEISE VERKAUFT HABE, IN STÜCKE GERISSEN HABEN ! FAST ÜBERALL SIND DIE MENSCHEN TOT, UND ICH KANN ENDLICH VON DIESEM PLANETEN PROFITIEREN.

BONK

ICH HABE NEULICH NOCH ETWAS ZU FRAGEN VERGESSEN : ICH BRAUCHE WAFFEN. WO FINDE ICH WELCHE, NICHT ZU WEIT WEG ?

EINIGE ÜBERZEUGENDE ARGUMENTE SPÄTER ...

GRANATEN

WENN ICH MICH RECHT ERINNERE, LÖST MAN DURCH DREHEN DER STANGE ALARM AUS ...

SCHNELL, ICH HABE ALLES, WAS WIR BRAUCHEN! WIR MÜSSEN NUR NOCH UNSEREN FREUND HIER ZUM SCHLAFEN BRINGEN ...

SEHR GUT! DAS LIBYSCHE SCHIFF LIEGT DIREKT VOR UNS, UND DIE BEIDEN ANDEREN MACHEN GERADE DANEBEN FEST. WIR SITZEN IN DER ERSTEN REIHE!

UNSERE LEUTE SUCHEN WEITER DIE KÜSTE UND DEN DSCHUNGEL AB. NOCH KEINE SPUR DER FLÜCHTIGEN.

MAN WIRD SIE FINDEN. KONTAKTET DIE LIBYER, SIE SOLLEN EIN BOOT SCHICKEN. WIR LIEFERN DAS URAN IM MORGENGRAUEN.

UND MIT DEN ERSTEN ANZEICHEN DER MORGENDÄMMERUNG ...

SIE STEHEN ALLE AM KAI, GINA ! WENN SIE UNS SEHEN, SIND WIR VERLOREN ,,,

TUT MIR LEID ,,, ICH HATTE SIE NICHT GESEHEN ,,, HARRY, SIE ,,, SIE HABEN MIR DAS LEBEN GERETTET ,,, WIE SOLL ICH IHNEN DANKEN ,,,?

GUT. WERDEN WIR WIEDER ERNST. HÄNDE HOCH, UND STEHEN SIE AUF !

ICH WOLLTE ES NICHT GLAUBEN, GINA, ICH HATTE GEHOFFT, DASS ICH MICH TÄUSCHTE, IHR HANDELN FALSCH INTERPRETIERTE ,,, ABER TROTZDEM HABE ICH DEN REVOLVER ENTLADEN ,,,

ES IST ALLES VERLADEN. WIR LICHTEN ANKER GEGEN MITTAG. UND IN WENIGEN WOCHEN WIRD UNSER LAND DANK IHNEN EINE ATOMSTREITMACHT SEIN.

MACHEN SIE DAVON GEBRAUCH ,,, !

FINDET IHN! RIEGELT DAS HAFENGE-LÄNDE AB, UND FANGT IHN SO LE-BENDIG WIE MÖGLICH!

ICH DENKE, ES WIRD ZEIT ZU VER-SCHWINDEN ... WO HAB ICH NOCH MAL DIESEN HAUPTSCHLÜSSEL ...? AH! DA IST ER ...

EINE STUNDE SPÄTER HABEN SCHOCKS MÄNNER DEN GANZEN HAFEN DURCHSUCHT. DAS RESULTAT IST RECHT MAGER ...

SIE SCHON WIEDER ...?

UND ZURÜCK IM PRÄSIDENTENPALAST ...

AUF DEM MITTELAMERIKANISCHEN FRACHTER GEHT ETWAS MERKWÜR-DIGES VOR SICH ...

COLONEL ORTEGA, MIT DEM WIR ES BISHER ZU TUN HATTEN, SCHEINT NICHT AN BORD ZU SEIN, UND DIE STIMME DES FUNKERS ERKENNE ICH AUCH NICHT WIEDER!

KONTAKTE SIE! WIR LIEFERN IHNEN DAS URAN AM PRIVAT-STRAND MEINER RESIDENZ. MAL SEHEN, WAS HARRY DORT NOCH AUSRICHTEN KANN!

MIR REICHT'S LANGSAM! ICH NEHME EINE DUSCHE, UND ICH WILL NIEMANDEN MEHR SPRECHEN, BEVOR IHRE WUN-DERBARE AFFÄRE BEENDET IST!

ES SCHEINT, ALS KÖN-NE ICH NUN NICHT MEHR AN IHREN CHARME AP-PELLIEREN, UM MEINE PLÄNE ZU REALISIEREN! ER WIRD NICHT MEHR WIRKEN!

BLEIBT, WO IHR SEID, ODER DIE DUSCHE WIRD VIEL HEI-SSER, ALS EUCH LIEB IST!

HARRY!?

SIE ?!... WIE HABEN SIE ES BIS HIERHER GE-SCHAFFT ?

WAR GAR NICHT SCHWER, NUR EINE SACHE DES CHARMES ! GINAS HILFE WAR MIR MEHR ALS KOSTBAR.

WAS ?

WIR HABEN EINE WUNDERVOLLE NACHT ZUSAMMEN VERBRACHT. SIE ERTRÄGT IHRE KLEINE WELT DES LUXUS UND DER HEUCHELEI NICHT MEHR, SCHOCK ! SIE HAT MIR ALLE DETAILS VER-RATEN, UM HIER EINDRINGEN ZU KÖNNEN ...

ICH HÄTTE NIE GEDACHT, DASS SIE FÄHIG WÄ-REN, DIESEN ... DIESEN ...

ER MACHT SICH DOCH LUSTIG ÜBER SIE, SEHEN SIE DAS DENN NICHT ? ER WIRD SEINEN HAUPTSCHLÜSSEL BENUTZT HABEN UND DIE STOLLEN, DIE ER SCHON KANNTE, BIS ER DEN KELLER DES PALASTES GEFUNDEN HAT !

BRAVO ! UND JETZT SAGEN SIE MIR, WAS ICH IHRER LOGIK NACH MACHEN WERDE, WENN SIE MIR NICHT SOFORT PLATTE AUS-HÄNDIGEN !

HA, HA ! ICH FÜRCHTE, IHRE ZUKUNFT AUF DIESER INSEL, DIE VOLL VON MIR ERGE-BENEN POLIZISTEN IST, WIRD SELBST MIT PLATTE VOR-GEZEICHNET SEIN ... !

IHRE ZUKUNFT, SIE ERINNERN SICH ? DIESER KLEINE AUSSCHNITT IM FERNSEHEN, DIE ZU-KUNFTSBILDER, DIE DIE WISSENSCHAFTLER IN GINAS "TRÄUMEN" SCHICKTEN ! ALL DAS MUSS-TE ICH ENTWICKELN, NACHDEM MEINE LEUTE IN DER ABTEI ÜBERRASCHT WURDEN ...

ICH BRAUCHTE DIE NOTIZEN DES MÖNCHS UM JEDEN PREIS, UM DIE SMARAGDTAFEL ZU FINDEN. WENN SIE DAS PERGAMENT AUS-SER REICHWEITE DES STAATS-SCHUTZES BRÄCHTEN, SAGTE ICH MIR, KÖNNTEN SIE MIR DIE ARBEIT DOCH SEHR ERLEICHTERN !

GINA MUSSTE NUR NOCH IHRE NEUGIER WECKEN, SCHON FLOGEN SIE MIT EINER KOPIE DES PERGA-MENTS NACH ÄGYPTEN. UND ICH FOLG-TE IHNEN, WOBEI SIE IMMER GLAUB-TEN, ICH SEI IHNEN VORAUS !

?!?

HA, HA ! SIE HABEN MIR ALLE FALLEN ENTSCHÄRFT ! ICH BRAUCHTE MICH NUR NOCH ZU BÜCKEN, UM DIE SMARAGDTAFEL AUFZUHEBEN ! JA, IHRE ZUKUNFT HABE ICH MIR AUSGEDACHT. UND ICH VERSICHERE IHNEN, SIE WIRD GENAUSO AUSSEHEN !

PANG

DER MITTELAMERIKANISCHE FRACHTER ...?!

BAOMM

ICH SAGTE DOCH, DASS ICH NICHT WEISS, WO SCHOCK PLATTE EINGESPERRT HAT! ER WOLLTE IHN NACH UNTEN BRINGEN, UM IHN DEN RADIO-AKTIVEN ABFÄLLEN AUSZUSETZEN. SEHEN SIE NUR UNTEN NACH! SIE SCHAFFEN KEINE DREI SCHRITTE!

AB-WARTEN! SCHOCK HAT NOCH GANZ ANDERE SORGEN ...

DER FRACHTER MELDET SICH PER FUNK. MAN WILL SIE SPRECHEN!

DARF ICH MICH VORSTELLEN: FABIO MAZZONI, SIGNOR QUATTRO DER MAFIA. ERLAUBEN SIE MIR, IHNEN ZU SA-GEN, DASS ICH SIE ETWAS UNVORSICH-TIG FINDE ... SIE LASSEN SICH VON IHRER "TREUEN" MITARBEITERIN DOUBELN, DIE UNS DAS GE-HEIMNIS UND ALLE NOTWEN-DIGEN AUSKÜNFTE FÜR HUN-DERTTAUSEND DOLLAR VERKAUFT ...

GINA!!

ABER VOR ALLEM VERTRAUEN SIE ZU SEHR DEN ÄUSSER-LICHKEITEN: EIN MITTELAMERIKANISCHER FRACHTER KANN ABGEFANGEN UND DURCH EINEN FALSCHEN FRACHTER ERSETZT WERDEN, DER MIT WAFFEN VOLLGESTOPFT IST! UND IHR URAN IST BESSER ALS JEDE GOLDMI-NE, DAS ZIEHT LEUTE AN!

SIE WERDEN DEN PALAST UMZINGELN! UND DIE LI-BYER SIND AUCH AN LAND GEGANGEN, UM DAS EXPLODIERTE BOOT ZU RÄCHEN!

DIE SCHEINEN ALLE ZU GLAUBEN, DASS SIE MEIN URAN NUR NOCH AUFSAMMELN MÜSSEN! MACHT DIE WAFFENBATTE-RIE BEREIT, UND HOLT ALLE VERFÜGBAREN MÄNNER!

45

SPASS & SPANNUNG

BENNI BÄRENSTARK
von Peyo

Der kleine Benni ist unheimlich stark – bären-stark. Nur wenn er sich erkältet hat, schwinden seine Kräfte. Und leider bekommt Benni meist in den größten Gefahren seinen Schnupfen.

DIE BLAUEN BOYS
von Cauvin und Lambil

Gegen ihren Willen finden sich Corny Chester-field und sein Freund Blutch eines Tages in der Uniform der US-Kavallerie wieder. Ein Western-Comic voller spritzigem Humor und fesselnder Spannung!

CUBITUS
von Dupa

Cubitus, die gewichtige Hundepersönlichkeit, ist mit allen Wassern gewaschen, wenn es darum geht, sein Herrchen zur Verzweiflung zu treiben. Nur dem feisten Nachbarkater ist er nicht immer gewachsen.

DONITO
von Conrad

Mitten in der Karibik, auf der Insel Edenida, lebt der kleine Donito. Dank einer Alge kann er mit den Tieren unter Wasser sprechen und spielen, doch Piraten und die Sirene Carmina machen den Freunden das Leben schwer…

FRITZ LAKRITZ
von Letzer und Cromheecke

Wenn Fritz Lakritz anfängt, seinem Neffen Geschichten zu erzählen, dann fangen Hörn-chen an zu reden, Bären werden zu Motorrad-Clowns, und Pinguine werden zu Fronarbeit in einer Eiswürfelfabrik gezwungen. Ein Feuer-werk spritziger Gags für jung und alt!

GASTON
von André Franquin

Mit seinen verrückten Einfällen und Erfindun-gen bringt der Bürobote Gaston die gesamte Belegschaft des Carlsen Verlages an den Rand des Wahnsinns. Gaston ist die größte Katastro-phe, seit es Comics gibt!

DIE GÖTTIN MIT DEN JADE-AUGEN
von Dieter und Plessix

Eine spannende Expedition in ein lange vergessenes, märchenhaftes Inselreich, das den geheimnisvollen Tempel der Göttin mit den Jade-Augen behergen soll.

HARRY UND PLATTE
von Will, Tillieux und Desberg

Immer neue, spannende Fälle müssen die beiden Hobbydetektive Harry und Platte mit Mut, Geschick und Witz lösen. Am Ende haben die Gangster meist nichts zu lachen…

KAPITÄN STARBUCK
von Philippe Foerster

Zurückgezogen lebt der alte Kapitän Jonas Starbuck auf der Hummerinsel in seiner Herberge. Doch eines Tages tauchen merk-würde Gäste auf, und schon beginnt ein aufregendes Abenteuer, in dem Humor und Phantasie nicht zu kurz kommen.

DIE ABENTEUER DES MARSUPILAMIS
von André Franquin, Bâtem, Greg und Yann

Der palumbianische Urwald, die Heimat des Marsupilamis, wurde noch von kaum einem Menschen betreten. Was das gelbe Wundertier mit dem neun Meter langen Schwanz hier erlebt, schildert diese witzige Albumreihe.

NATASCHA
von François Walthéry

Natascha, die gewitzte Stewardeß, erlebt spannende Abenteuer in aller Welt, die sie mit kühlem Kopf und viel Witz meistert.

PERCY PICKWICK
von Turk, Bédu, de Groot und Raymond Macherot

Sehr »britisch« ist die Lebensart von Percy Pickwick, dem Geheimagenten Ihrer Majestät. Seinen gefährlichen Beruf bewältigt Pickwick mit viel Humor.

SAMMY UND JACK
von Cauvin und Berck

Im Amerika zur Zeit Al Capones meistern Sammy und Jack ihre gefährlichen Spezialauf-träge mit viel Witz und Ironie.

SPIROU UND FANTASIO
von André Franquin, Fournier, Cauvin, Broca, Tome und Janry

Nichts ist aufregender als ein Tag im Leben von Spirou und seinem Freund Fantasio. Als Reporter erleben sie überall in der Welt spannende Abenteuer und witzige Situationen.

TIM UND STRUPPI
von Hergé

Tim und Struppi, der immerzu fluchende Kapitän Haddock, die Detektive Schulze und Schultze, Professor Bienlein und die unnach-ahmliche Sängerin Castafiore begeistern seit über 60 Jahren ihre Leser »zwischen 8 und 80« in aller Welt!

YOKO TSUNO
von Roger Leloup

Die japanische Elektronik-Spezialistin Yoko Tsuno und ihre Begleiter Vic und Knut erleben phantastische Abenteuer im Weltraum und auf der Erde.

In jeder modernen Buchhandlung!

DIE WELT VON ÜBERMORGEN

AKIRA
von Katsuhiro Otomo

Im Tokio des Jahres 2030 experimentiert die Armee mit einer neuen Superwaffe: greisenhaften Kindern mit übernatürlichen Kräften. Das gefährlichste von ihnen, Akira, wird in einer unterirdischen Eiskammer in künstlichem Tiefschlaf gehalten, da sich seine Kräfte nicht beherrschen lassen. Aber eines Tages erwacht Akira aus seinem Kälteschlaf… Mit über 2.000 Seiten ist dieser japanische Superbestseller – bereits erfolgreich verfilmt – die längste Comic-Erzählung aller Zeiten!

DIE PHANTASTISCHE WELT DES RICHARD CORBEN
von Richard Corben

Richard Corbens Fantasy- und Science-Fiction-Märchen für Erwachsene gehören zu den grafisch aufregendsten Werken der amerikanischen Comic-Szene. In dieser Albumreihe erscheinen seine besten Arbeiten und unvergessenen Klassiker in neuer deutscher Bearbeitung.

DER DIMENSIONS-DETEKTIV
von Niels Søndergaard und O. C. Christensen

Privatdetektiv Skunk-Petersen und seine Sekretärin Pippi werden in ein turbulentes Abenteuer gezogen, als eines Tages ein mysteriöser Klient um Hilfe bittet und sie in eine andere Dimension transformiert.

DER EWIGE KRIEG
von Joe Haldeman und Marvano

Unbekannte Lebensformen überfallen in einer abgelegenen Galaxie Raumfrachter von der Erde. Eine Eliteeinheit bricht in die Tiefe des Alls auf, um die Tauren zu bekämpfen. Autor Joe Haldeman, der als Soldat in Vietnam war, liefert hier »eine literarische Abrechnung mit einem sinnlosen Krieg« (Lexikon der SF-Literatur).

JEREMIAH
von Hermann

Ein gewaltiger Krieg hat unsere Zivilisation ausgelöscht. In einer neuen Welt, in der neue Gesetze herrschen, müssen sich Jeremiah und sein Freund Kurdy gegen mörderische Gefahren behaupten. Ein Zukunftswestern der Spitzenklasse!

JOHN DIFOOL
von Alexandro Jodorowsky und Moebius

Ehe er sich versieht, wird Privatdetektiv John Difool, der Held dieser meisterhaft konstruierten SF-Oper, zur meistgesuchten Person des gesamten Universums. Die Incal-Saga ist »ein Epos von beinah homerischen Dimensionen, und es ist fast genausoviel darin los« (Comic Jahrbuch).

LIBERTY
von Frank Miller und Dave Gibbons

Frank Miller und Dave Gibbons beschäftigen sich auf ironische Weise mit der Frage, ob der von unseren modernen Industrienationen eingeschlagene Kurs noch umkehrbar ist.

MAJOR GRUBERT
von Moebius

Mit Major Grubert hat der französische Starzeichner Moebius eine der verrücktesten Figuren der Comic-Geschichte geschaffen. In dieser Reihe werden erstmals alle »Grubert«-Storys vollständig und teilweise von Moebius neu koloriert nachgedruckt.

DAS ROBOT-IMPERIUM
von Michael Götze

Die Roboter, einst zum Wohle der Menschheit geschaffen, haben sich längst über ihre Schöpfer erhoben. Nur eine Handvoll Überlebender leistet noch Widerstand gegen das Robot-Imperium. Diese spannende Comic-Serie entstand vollständig am Computer!

DIE STERNENWANDERER
von Moebius

Nach einer Havarie werden die beiden Raumfahrer Stell und Atan auf einen kahlen Planeten verschlagen, auf dem sie eine faszinierende Entdeckung machen. Nach »John Difool« ist diese Trilogie das neue Meisterwerk des französischen Zeichnerstars Moebius.

VALERIAN UND VERONIQUE
von Pierre Christin und Jean-Claude-Mézières

Valerian und Veronique sind Agenten des »Raum-Zeit-Service«, der von Galaxity aus operiert. Ihre Reisen in entfernte Sonnensysteme der Vergangenheit und der Zukunft reflektieren mit hintergründigem Witz auch Probleme unserer Gegenwart. Die erfolgreichste europäische SF-Serie!

WATCHMEN – DIE WÄCHTER
von Alan Moore und Dave Gibbons

Seit vier Jahrzehnten kämpfen die Superhelden in Amerika für Recht und Ordnung. Dann entläßt man sie aufgrund der Forderung nach mehr Demokratie und der Liberalisierung der Gesellschaft. Einige der Wächter können und wollen sich mit ihrem Schicksal jedoch nicht abfinden… Ausgezeichnet mit dem »Max-und-Moritz-Preis 1990«.

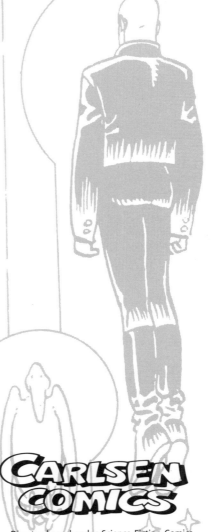

CARLSEN COMICS

Die atemberaubenden Science-Fiction-Comics bei Carlsen.
In jeder modernen Buchhandlung!